AU ROYAUME DE PAPA GIBBON

franco matranga

DES CHIFFRES = DES LETTRES

ENCRE

L'enfant est de plus en plus tenté de jouer avec la calculatrice de poche et l'ordinateur. C'est pourquoi nous avons trouvé intéressant de lui proposer un autre moyen de se distraire, tout en agrandissant le champ de ses connaissances scolaires et parascolaires, par le seul jeu de son intelligence.

Pour éveiller son intérêt et stimuler sa recherche personnelle, nous mettons à sa disposition :

- UN CODE qui, en associant pour la première fois DES CHIFFRES à des LETTRES, lui fait découvrir le plaisir que peuvent procurer tout simplement la lecture, le calcul et l'écriture.
- DES JEUX.
- UN INDEX qui regroupe les animaux que l'enfant aura découverts au cours des jeux.

Ainsi, tout en faisant connaissance avec des mammifères du monde entier, l'enfant participera à la rédaction et à l'illustration de « son » livre qu'il aura d'autant plus à cœur de garder dans sa bibliothèque.

Cher petit ami,

Avec mes deux copains Éliel et Éliane, je vais t'emmener à la découverte des mammifères, c'est-à-dire des animaux dont la femelle nourrit ses petits avec le lait de ses mamelles.

Pour nous amuser pendant notre voyage, j'ai prévu beaucoup de jeux qui aiguiseront ton talent d'explorateur. Ce sera à toi de deviner le nom de certains des animaux que nous allons rencontrer.

Comment? En suivant le code : DES CHIFFRES = DES LETTRES.

Regarde la page suivante; sur le bord de la page, tu remarques qu'un chiffre correspond à chaque lettre de l'alphabet. Tu vois aussi des opérations. Alors maintenant, prends un crayon (surtout pas de feutre ou de stylo) et une gomme pour corriger les erreurs de calcul... Inscris le résultat de la première opération dans la première case vide. Ce chiffre correspond à une lettre que te donne ton code. Écris cette lettre dans la deuxième case vide, toujours au crayon.

Quand toutes tes opérations seront terminées, tu découvriras le nom d'un mammifère. Ainsi, tout au long de ce livre, feras-tu connaissance avec les nombreux amis de Papa Gibbon. Si tu veux en savoir un peu plus sur eux, consulte l'index alphabétique.

Quant à ton code, tu le retrouveras à chaque fois que te sera proposé le jeu DES CHIFFRES = DES LETTRES.

En route et bon voyage!

Première étape : la page suivante où tu vas découvrir mon nom à l'aide de ton code, de ton crayon... et d'un peu d'attention!

QUI SUIS-JE?

10 + 6 = 16 = P

2 – 1 = 1 = A

8 + 8 = 16 = P

5 – 4 = 1 = A

5 + 2 = 7 = G

4 + 5 = 9 = I

1 + 1 = 2 = B

8 – 6 = 2 = B

10 + 5 = 15 = O

7 + 7 = 14 = N

Voilà! À l'aide de ton code tu viens de faire ma connaissance. Maintenant je vais t'emmener en voyage avec Éliel et Éliane... avec eux tu vas découvrir le monde fascinant des mammifères.

1	A
2	B
3	C
4	D
5	E
6	F
7	G
8	H
9	I
10	J
11	K
12	L
13	M
14	N
15	O
16	P
17	Q
18	R
19	S
20	T
21	U
22	V
23	W
24	X
25	Y
26	Z

LE RÊVE D'ÉLIANE

Éliel et Éliane sont à table avec leur papa. C'est bientôt l'heure du dîner et du journal télévisé. Les enfants savent qu'il ne faut pas parler trop fort à ce moment-là. En effet leur papa n'a pas le temps de lire les journaux, et les informations données à la télévision sont pour lui, chaque soir, une chose sacrée.

Quant à leur maman, elle surveille dans la cuisine le plat qu'elle fait mijoter pour le dîner. Une délicieuse odeur leur chatouille les narines. Voilà qui va stimuler leur appétit coupé par l'impatience du départ prévu le lendemain matin. Maman l'a deviné. C'est pourquoi elle a préparé leur plat préféré qui embaume la maison du plus suave des parfums.

— Il ne manquait plus que cela, s'exclame alors leur père. On annonce une grève des transports pour demain! Les enfants, il va falloir nous lever beaucoup plus tôt pour ne pas rester bloqués en voiture par la circulation.

— Pas d'importance papa, répond Éliel, nous irons nous coucher plus tôt. Tu sais que nos bagages sont prêts depuis plusieurs jours. Demain matin il ne nous restera qu'une douche à prendre pour nous mettre en forme.

Le journal télévisé terminé, la famille s'attaque joyeusement au dîner. Les parents en profitent pour faire leurs recommandations aux enfants.

— Surtout, dit maman, écoutez bien Papa Gibbon et n'oubliez pas chaque soir de noter tout ce qu'il vous aura fait découvrir dans la journée. Ainsi, à votre retour, il vous sera très facile de nous raconter dans les moindres détails toutes les péripéties de ce voyage.

— Bien sûr, promettent les enfants en chœur, nous ferons tout pour que vous soyez fiers de nous, pour vous remercier de nous laisser partir seuls vivre d'aussi belles vacances avec notre ami Papa Gibbon.

Ils embrassent affectueusement leurs parents et pour une fois courent se coucher sans rechigner.

Éliane éprouve un certain plaisir en posant sa tête blonde sur un oreiller frais. Mais aussitôt elle pense non sans crainte au départ et surtout à la grève du lendemain. Elle se tourne et se retourne jusqu'à ce que le sommeil vienne accroître son inquiétude plutôt que l'apaiser. Elle se voit déjà dans la voiture avec ses parents et Éliel. Sur la route de l'aéroport, malgré l'heure matinale, les voitures roulent pare-chocs contre pare-chocs dans un concert de klaxons. Soudain Éliane se trouve projetée contre le siège avant; l'automobiliste qui les suit vient d'emboutir leur voiture! Son père descend vérifier les dégâts. Il faut malheureusement rédiger un constat. Les minutes s'écoulent avec une lenteur désespérante alors que l'heure du départ approche de plus en plus. Quand la famille arrive enfin à l'aéroport c'est pour voir l'avion prendre son envol comme un gigantesque oiseau...

— Comment le rattraper, s'écrie Éliane en agitant les bras désespérément.

Or, voilà qu'à sa grande stupeur, ses pieds décollent de terre, et qu'elle se met à voltiger dans l'air. Ses parents et son frère n'en croient pas leurs yeux. Eliel tente en vain de suivre son exemple, tandis qu'Éliane arrive déjà à voler si vite qu'elle a tôt fait de rejoindre et de dépasser l'avion. Les passagers manifestent leur étonnement en apercevant cette petite fille-oiseau qui fonce haut dans le ciel à la vitesse d'une fusée. Le cœur d'Éliane bondit de joie quand elle arrive en vue de l'aéroport où doit l'attendre Papa Gibbon. Elle atterrit en douceur sur un large terrain gazonné entouré d'arbres. Sur un large écriteau, elle lit : aéroport de Gibbonville. La voilà arrivée! Hélas sa surprise est grande quand elle découvre que l'endroit est complètement désert : pas un voyageur, pas un employé, pas d'avion et surtout pas de Papa Gibbon. Les heures passent dans cette solitude angoissante. Éliane prend peur et décide de rebrousser chemin. Hélas ses pieds ne décollent pas du sol. La petite fille se sent perdue quand une voix l'appelle.

— Éliane, c'est l'heure de te lever!

En entendant sa maman elle comprend que tout cela n'était qu'un rêve...

Durant son rêve, Éliane a rencontré deux animaux étranges. Ils volent et pourtant sont des mammifères... À l'aide de ton code tu vas bien vite découvrir leurs noms.

10 + 8 =	18	=	R	
18 – 3 =	15	=	O	
20 + 1 =	21	=	U	
17 + 2 =	18	=	R	
13 + 6 =	19	=	~~Z~~ S	
11 – 6 =	5	=	E	
10 + 10 =	20	=	T	
15 + 5 =	20	=	T	
3 + 2 =	5	=	E	

21 + 1 =	22	=	V
10 – 9 =	19	=	~~Z~~ S
8 + 5 =	13	=	M
14 + 2 =	16	=	P
6 + 3 =	9	=	I
22 – 4 =	18	=	R
1 + 4 =	5	=	E

1	A
2	B
3	C
4	D
5	E
6	F
7	G
8	H
9	I
10	J
11	K
12	L
13	M
14	N
15	O
16	P
17	Q
18	R
19	S
20	T
21	U
22	V
23	W
24	X
25	Y
26	Z

LE GRAND VOYAGE

Eliel et Éliane, après avoir pris leur douche, s'habillent à toute vitesse comme des soldats qui doivent répondre à l'appel. Ils vérifient une fois de plus le contenu de leurs sacs à dos. Tout y est : chemises, pantalons, maillots de bain, masques de plongée, savon et dentifrice. Il y a aussi des biscuits, quelques boîtes de conserve, des livres, des cahiers et des crayons pour s'amuser à faire les jeux proposés d'habitude par Papa Gibbon. Bien sûr, ils n'ont pas oublié leur ballon!

Ils ont fait une bonne année scolaire et leurs vacances sont d'autant plus méritées. Or il y a quelques jours ils ont reçu une carte : « Une belle surprise vous attend. Signé : Papa Gibbon. » De quoi peut-il bien s'agir, se demandent les enfants. Ils sont contents parce qu'ils vont bientôt le découvrir. Après un copieux déjeuner qui calme un peu leur nervosité, les voilà enfin devant la porte de l'ascenseur. Quatorze étages les séparent du parking où se trouve garée leur voiture. Comme il fallait s'y attendre, la grève a provoqué des encombrements monstres. En effet les milliers de citadins qui empruntent quotidiennement l'autobus pour se rendre à leur travail, ont dû sortir leurs voitures.

— Pourvu que tu ne te fasses pas accrocher, papa dit Éliane.

— Fais-lui confiance, la rassure sa maman à qui elle avait raconté son mauvais rêve, papa est prudent et nous sommes très en avance sur l'horaire.

Il ne leur faut cependant pas moins de deux heures pour arriver à l'aérogare. Ils ont toutefois le temps de choisir des albums de bandes dessinées pour faire passer le temps de leur voyage en avion.

Ils arrivent dans la salle d'embarquement. Le moment est venu pour les parents de les confier à l'hôtesse de l'air. Elle est charmante dans son joli uniforme bleu. Elle a un visage régulier, deux grands yeux bleus et au coin de la bouche un petit grain de beauté. Une petite toque rouge coiffe ses cheveux blonds tirés en arrière.

— Je m'appelle Fedorée, leur dit-elle, en les prenant par les épaules pour leur faire comprendre que c'est l'heure de se séparer; il est temps que je vous accompagne à vos places!

Les enfants sautent au cou de leurs parents pour les embrasser, avant de suivre joyeusement leur accompagnatrice. Dans l'avion Fedorée boucle soigneusement leurs ceintures de sécurité. Les moteurs commencent à vrombir. Peu de temps après, l'avion qui ronronne comme un chat, commence à rouler sur la piste. Le moment du grand départ est arrivé. L'avion prend son envol et quelques minutes après s'élance dans un ciel parsemé de gros nuages épais et gris.

Éliel et Éliane sont très impatients de rejoindre Papa Gibbon. Et toi pourrais-tu le rejoindre sans te perdre dans le labyrinthe? Avec ton crayon essaie de trouver le bon chemin.

PROMENADE DANS L'ESPACE

Le voyage est long. C'est pourquoi Fedorée vient souvent tenir compagnie aux enfants pour leur raconter des histoires de sa voix douce et tendre. Ainsi les heures passent plus vite.

C'est déjà le crépuscule annoncé par de légers nuages roses et pourpres qu'Éliel et Éliane admirent à travers les hublots; c'est aussi le moment d'un savoureux repas.

Le dîner terminé, Fedorée donne aux enfants des écouteurs pour leur permettre de suivre le dialogue du film qui va être projeté : c'est un western! Elle pose aussi sur la tablette fixée au dos des sièges qui se trouvent devant eux deux tasses de chocolat fumant que les enfants dégustent à petites gorgées.

Après le film les enfants s'endorment la tête embrumée par un défilé confus de merveilleuses images.

Au petit matin, Éliel et Éliane sont réveillés par le hurlement des réacteurs de l'avion qui entame sa descente. Les enfants scrutent avec curiosité par les hublots pour voir l'avion poser ses roues sur le bitume gris qui se détache d'une pelouse toute verte. Enfin il se pose sur le sol tout en vibrant et en grondant.

Les voilà arrivés à Gibbonville...

Ils découvrent, en descendant de l'avion, un minuscule aéroport perdu dans l'immensité de la brousse. Une fois les bagages récupérés, Fedorée les accompagne jusqu'à la sortie. Papa Gibbon est là, exact au rendez-vous. Un superbe étalon blanc est à ses côtés. Papa Gibbon ouvre tout grand ses longs bras et serre longuement les enfants contre son cœur.

— Nous voilà enfin, s'écrient les enfants, nous sommes très heureux de te présenter Fedorée.

— Et moi de vous présenter Toco, le plus rapide cheval du monde! C'est maintenant avec lui que vous allez continuer votre voyage, dit Papa Gibbon.

— C'est donc à toi ce beau cheval à la robe claire. C'est lui la surprise? demande Éliel tout en caressant la fine encolure du cheval.

— Patience, patience la surprise c'est encore pour plus tard. Maintenant saluez Fedorée et montez à cheval. Il faut nous mettre en route.

Tu viens de faire la connaissance de Toco. Veux-tu également découvrir ses cousins? Il te suffira à l'aide de ton code de faire quelques petites opérations...

8 + 7 = ☐ = ☐

19 – 5 = ☐ = ☐

7 – 6 = ☐ = ☐

5 + 2 = ☐ = ☐

21 – 3 = ☐ = ☐

1 + 4 = ☐ = ☐

31 – 5 = 26 = Z

27 – 22 = 5 = E

19 – 17 = 2 = B

13 + 5 = 18 = R

2 + 3 = 5 = E

9 – 1 = 8 = H

17 – 12 = 5 = E

7 + 6 = 13 = M

14 – 5 = 9 = I

6 + 9 = 15 = O

21 – 7 = 14 = N

7 – 2 = 5 = E

1	A
2	B
3	C
4	D
5	E
6	F
7	G
8	H
9	I
10	J
11	K
12	L
13	M
14	N
15	O
16	P
17	Q
18	R
19	S
20	T
21	U
22	V
23	W
24	X
25	Y
26	Z

FÊTE À GIBBONVILLE

A l'horizon se dressent les sommets hautains d'une chaîne de montagnes. Papa Gibbon les montre du doigt aux enfants en leur disant :

— Il faut les franchir pour arriver chez moi. Nous ferons une longue traversée avant de rejoindre la plus douce et la plus fertile contrée du monde. Vous serez les premiers à la découvrir et à y respirer une vraie bouffée de paradis. Maintenant nous allons entrer dans Gibbonville. Ses habitants lui ont donné mon nom parce que je représente pour eux le symbole de la sagesse.

Toco avance allègrement sous un soleil éclatant qu'illumine un ciel d'un bleu si pur qu'on le croirait magique. Ils grimpent un sentier escarpé et débouchent sur une petite place fascinante entourée de maisons colorées et pittoresques aux balcons enrubannés de guirlandes piquées de fleurs. Tout autour : la grande poste, une banque, un café, et un marché ombragé d'où montent des odeurs mélangées. Il y a là aussi une petite église blanche bâtie de grosses pierres. Ses cloches sonnent à toute volée pour annoncer le passage de Papa Gibbon. La ville vibre. Un spectacle insolite s'offre alors aux yeux des enfants : des dizaines de gamins et de fillettes, pieds nus sur un sol grillé par le soleil, crient :

— Vive Papa Gibbon et ses amis, vive Papa Gibbon, en leur lançant confettis et serpentins. Ils chantent et dansent, les uns en battant du tambour de leurs doigts agiles, les autres en jouant de la guitare et de la flûte, de la trompette ou de la clarinette. Jamais Éliel et Éliane n'ont entendu une musique aussi mélodieuse. Il y a là une foule vivante et colorée à laquelle se mêlent des marchands ambulants qui offrent aux enfants des glaces et des friandises.

D'un côté des femmes qui grignotent des graines, de l'autre des hommes qui fument la pipe et qu'ils saluent avec leur chapeau de paille à larges bandes.

Après ce triomphal accueil, nos trois amis sortent de la ville et entreprennent la traversée de la savane, accompagnés par une fanfare formée de garçons et de filles qui chantent la chanson de Papa Gibbon

Venez, venez tous mes amis,
Venez, venez grands et petits.
Venez chanter ma chanson,
La chanson de Papa Gibbon.

Venez, tous, pères, mères, enfants,
Venez, cerfs, biches, et faons.
Venez, wapitis, rennes, élans, chamois,
Venez, gazelles, antilopes aux longs bois.
Venez, vous aussi, yacks, buffles, zébus,
Venez mes amis aux cornes fourchues.
Venez chanter ma chanson,
La chanson de Papa Gibbon.

Venez chanter, baleines, éléphants,
Vous seuls du globe géants.
Venez chanter, onagres, zèbres et girafes,
Mais surtout sans faire de... piaffe.
Venez chanter hippopotames, rhinocéros,
Pas la peine aujourd'hui d'être féroces.
Venez chanter ma chanson,
La chanson de Papa Gibbon.

Chante aussi, toi mon brave chameau
Toi, porteur de deux bosses au dos.
Chantez, chantez, lions et jaguars,
Chantez léopards et cougars.
Chantez, onces, sarigues, tapirs et tatous,
Et surtout, et surtout, venez de partout.

Oui, pour toi nous sommes tous là,
Venus des pays tropicaux,
Des monts neigeux, du fond des eaux.
Puisque tous ensemble nous voilà,
Chantons, Papa Gibbon,
Chantons ta belle chanson!

Nous sommes tous créatures
Piliers de la nature.
Que d'ici soient bannis
Les cruels safaris!
Mieux vaut nous regarder
Pour apprendre à nous aimer.
Voilà la leçon-chanson
De notre bon Papa Gibbon

Bientôt tout un cortège d'animaux répond à l'appel de la chanson et la reprend en chœur.

Oui, pour toi nous sommes tous là
Venus des pays tropicaux,
Des monts neigeux, du fond des eaux.

Éliel et Éliane sont extasiés. Jamais ils n'ont vu autant d'espèces réunies. Aucun cirque, aucune ménagerie, aucun zoo ne pourraient leur offrir un spectacle aussi fascinant.

Nombreux sont les animaux du cortège. Tu vas pouvoir en découvrir quelques-uns à l'aide de ton code.

$11 + 5 =$ 16 = P
$7 \times 3 =$ 21 = U
$19 - 6 =$ 13 = M
$20 - 19 =$ 1 = A

$3 \times 5 =$ 15 = O
$1 + 2 =$ 3 = C
$9 - 4 =$ 5 = E
$4 \times 3 =$ 12 = L
$22 - 7 =$ 15 = O
$12 + 8 =$ 20 = T

$21 - 5 =$ 16 = P
$12 - 11 =$ 1 = A
$2 \times 7 =$ 14 = N
$17 + 3 =$ 20 = T
$2 + 6 =$ 8 = H
$19 - 14 =$ 5 = E
$3 \times 6 =$ 18 = R
$1 + 4 =$ 5 = E

1	A
2	B
3	C
4	D
5	E
6	F
7	G
8	H
9	I
10	J
11	K
12	L
13	M
14	N
15	O
16	P
17	Q
18	R
19	S
20	T
21	U
22	V
23	W
24	X
25	Y
26	Z

FOFO LE TERRIBLE

Après une nuit de sommeil passée sous un magnifique clair de lune, ils reprennent la marche au moment où le soleil commence à poindre au-delà des montagnes déjà proches. Lorsqu'ils atteignent les premiers contreforts, les voyageurs s'arrêtent pour trouver un peu d'ombre et de fraîcheur dans les gorges. Le cortège des animaux vient de les quitter. Ils se retrouvent en compagnie de l'infatigable Toco.

— Maintenant il faut se reposer et manger un peu, dit Papa Gibbon.

Éliane sort de son sac des biscuits et des boîtes de jus de fruits. Quant à Toco, il se régale de l'herbe qui pousse drue sur les pentes de la montagne. Pendant qu'ils prennent ce frugal repas, des cris terribles rompent le silence solennel de cette nature sauvage. Ces cris viennent d'un promontoire qui domine majestueusement un gouffre profond où tourbillonnent les eaux d'un torrent. Les enfants regardent avec frayeur dans cette direction. Ils aperçoivent alors un gigantesque ours noir dont les yeux lancent des éclairs terrifiants.

— N'ayez pas peur, les rassure Papa Gibbon, c'est le gardien du seul accès de mon domaine. Son rôle est de ne laisser passer aucun des chasseurs de peaux qui hélas viennent nombreux dans la région. Il s'appelle Fofo. Autrefois il était l'attraction principale d'un cirque. On le connaissait dans le monde entier. Mais un jour il en eut assez de se tenir debout en équilibre sur des boules, de pédaler sur une bicyclette. Les claquements du fouet du dompteur et le rire du public le rendaient fou. Comme il avait tenté de s'échapper à plusieurs reprises on le garda attaché dans une cage par mesure de sécurité. Il n'en devint que plus furieux, et un jour, il réussit à briser ses chaînes pour prendre enfin le chemin de la liberté. Il est venu me rejoindre et m'offrir ses services. Je l'ai posté à cet endroit clé d'où il peut tout surveiller. Soyez sans crainte, il a déjà compris que vous êtes mes amis et il vient nous rappeler que nous sommes tranquilles sous sa protection.

Fofo n'est ni un ours blanc, ni un ours noir, ni même un ours brun. Quelle est donc son espèce? À toi de la découvrir à l'aide de ton code!

4 + 3 =	7	= G
14 + 4 =	18	= R
21 – 12 =	9	= i
11 + 15 =	26	= Z
27 – 1 =	26	= Z
6 × 2 =	12	= L
3 × 3 =	9	= i

1	A
2	B
3	C
4	D
5	E
6	F
7	G
8	H
9	I
10	J
11	K
12	L
13	M
14	N
15	O
16	P
17	Q
18	R
19	S
20	T
21	U
22	V
23	W
24	X
25	Y
26	Z

Si tu veux savoir à quoi ressemble Fofo, il te suffira de noircir avec ton crayon les parties du puzzle comportant les chiffres 3, 5, 7.

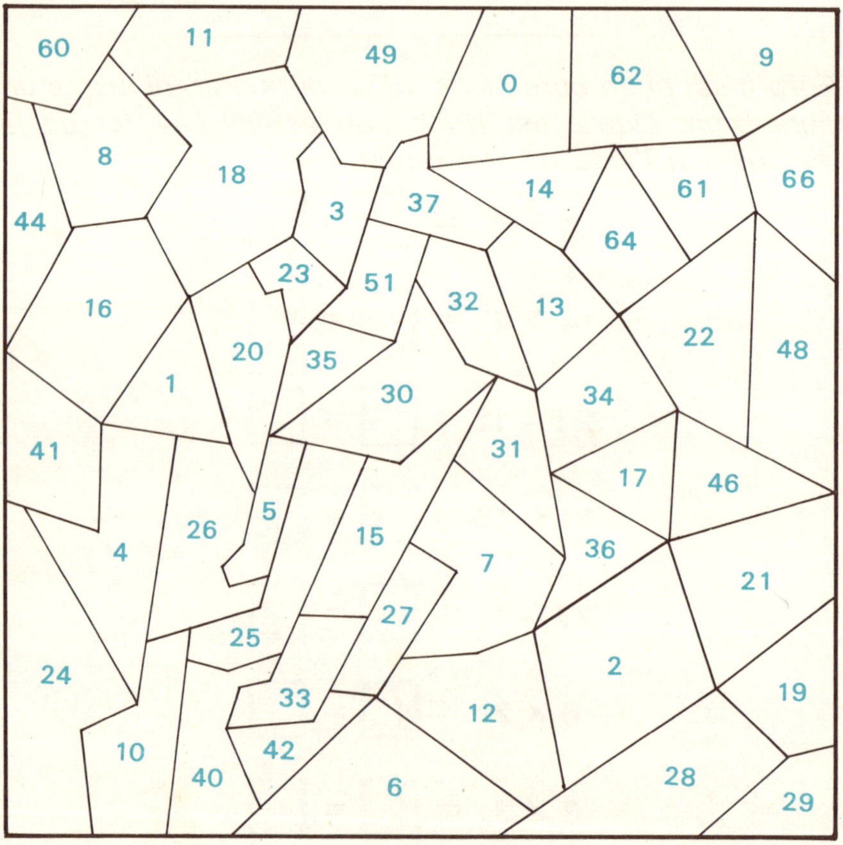

Blaireau

Chimpanzé

Cachalot

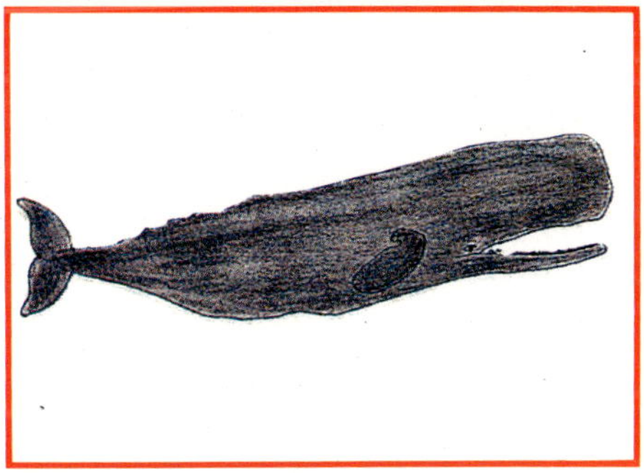

Épaulard

Castor

Gibbon

CHIMPANZÉ

Singe anthropoïde d'Afrique équatoriale. C'est, parmi les animaux, le plus proche parent de... l'homme! En effet il est capable de se servir d'outils et sait se défendre de ses ennemis en leur jetant des pierres. Il vit dans un nid de feuillage situé sur de hautes branches.

BLAIREAU

Un des mammifères les plus communs d'Europe. Il appartient à la même famille que la fouine et la belette. Il vit dans un terrier et ne sort que la nuit. On utilise ses poils pour fabriquer des pinceaux et des brosses à savonner la barbe qu'on appelle d'ailleurs des blaireaux...

ÉPAULARD

Sorte de grand dauphin vivant dans les mers froides. Très agressif, il attaque même les baleines!

CACHALOT

Un mammifère marin presque aussi grand que la baleine qui appartient à la même famille que lui. À la différence de celle-ci, il porte des dents à la mâchoire inférieure. On trouve dans son intestin l'ambre gris qui est une substance très précieuse en parfumerie. On utilise sa graisse pour fabriquer divers produits (bougies).

GIBBON

Singe anthropoïde vivant en Asie. Il possède de très longs bras qui lui permettent de se déplacer très agilement en se balançant de branche en branche. Ses bonds ne sont pas moins extraordinaires que sa manière de se déplacer : il peut en effet faire des bonds de près de 15 mètres en se raccrochant à l'arrivée.

CASTOR

Petit mammifère vivant en Europe et en Amérique. Il a une large queue plate et des pattes palmées. Il vit sur l'eau dans une hutte en forme de dôme qu'il construit à l'aide d'arbustes qu'il abat en les rongeant avec ses redoutables incisives. Il construit de magnifiques barrages qui lui permettent de vivre, à l'abri du courant.

MARSOUIN
Mammifère marin vivant dans les eaux froides ou tempérées. On l'appelle aussi cochon de mer.

GORILLE
Grand singe anthropoïde d'Afrique équatoriale. Il peut mesurer jusqu'à 2 mètres. Il est plutôt pacifique et se nourrit essentiellement de fruits.

MORSE
Mammifère marin vivant dans les eaux froides. Le mâle et la femelle portent deux longues défenses à la mâchoire supérieure. Ce sont des armes que le morse utilise pour combattre mais aussi pour fouiller le fond de la mer à la recherche de coquillages. Le morse peut plonger jusqu'à 50 mètres de profondeur.

GRIZZLI
Ours gris vivant dans les montagnes rocheuses.

OCELOT
Mammifère carnivore vivant en Amérique du Sud. Sa magnifique fourrure fauve tachetée de brun est malheureusement très recherchée par les... élégantes. On l'appelle aussi chat-tigre.

LOUTRE
Elle vit près des marais ou des rivières en Europe, Asie et Amérique. Nageuse et plongeuse fantastique, elle se déplace dans l'eau sans faire la moindre vague. C'est un animal assez solitaire qui vit dans un terrier très retiré.

Gorille

Marsouin

Grizzli

Morse

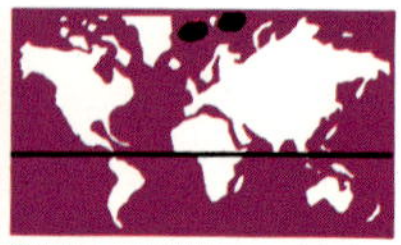

Loutre

Ocelot

Onagre

Pangolin

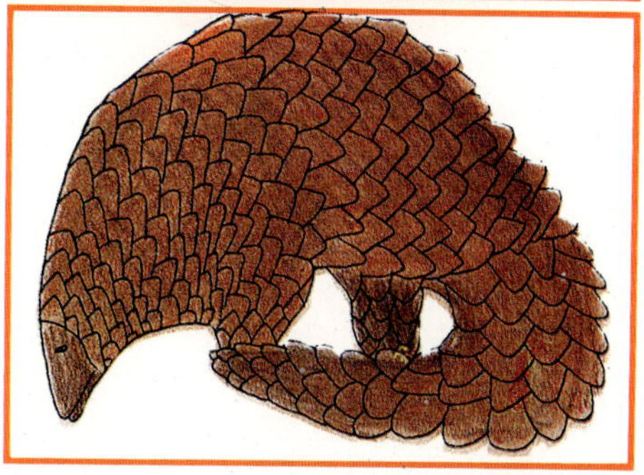

Otarie

Panthère

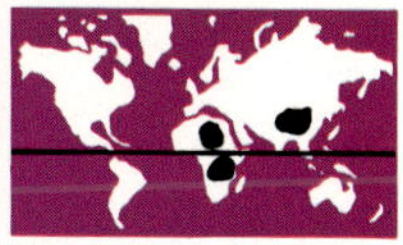

Ouistiti

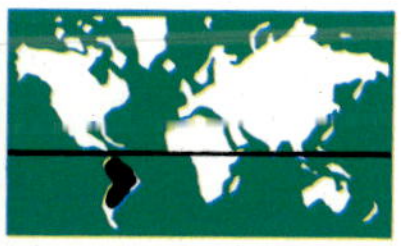

Puma

PANGOLIN

Un mammifère étrange. La nature l'a doté d'une carapace d'écailles cornées. Au moindre danger, le pangolin se roule en boule! Il se sert de sa queue pour s'accrocher aux branches. Enfin il n'a pas de dents. Sa longue langue gluante lui suffit pour attraper les fourmis et les termites dont il se nourrit.

ONAGRE

Grand âne sauvage vivant en Iran et en Inde.

PANTHÈRE

Mammifère carnassier vivant en Afrique et en Asie. Sa fourrure très recherchée a presque entraîné la disparition de l'espèce. Heureusement la panthère est maintenant protégée.

OTARIE

Mammifère marin se distinguant du phoque par le pavillon de ses oreilles. Contrairement au phoque l'otarie possède 2 pattes postérieures; c'est une nageuse très acrobatique! Elle n'hésite pas à grimper sur les rochers pour se livrer à des plongeons époustouflants. On l'appelle aussi loutre, lion ou ours de mer.

PUMA

Sorte de gros chat sauvage vivant en Amérique.

OUISTITI

Petit singe d'Amérique du Sud. Sa fourrure est laineuse et sa longue queue lui permet de s'accrocher aux branches.

UNAU
Mammifère édenté d'Amérique tropicale remarquable par la lenteur de ses gestes. Il vit dans les arbres.

ROUSSETTE
Grande chauve-souris vivant dans les régions tropicales. Elle peut atteindre 1 mètre d'envergure!

VAMPIRE
Grande chauve-souris d'Amérique tropicale se nourrissant du sang d'autres mammifères.

TAMANOIR
Mammifère édenté comme le pangolin. De même que ce dernier, il se sert de sa longue langue gluante pour attraper les fourmis dont il se nourrit. On l'appelle aussi grand fourmilier.

ZÈBRE
Mammifère voisin du cheval à robe jaunâtre rayée de brun.

TATOU
Autre mammifère édenté de la famille du pangolin et du tamanoir mais de taille plus réduite.

Roussette

Unau

Tamanoir

Vampire

Tatou

Zèbre

LA NOYADE

Du haut du promontoire Papa Gibbon indique du doigt la vallée féerique déjà proche et toute illuminée par le soleil qui domine les collines plantées de forêts. Au milieu de la végétation verdoyante, des ruisseaux argentés tracent de capricieux méandres. Là est un monde de paix, de quiétude et de douceur de vivre.

Toco descend allègrement, malgré les embûches d'une piste rocailleuse qui les conduit au torrent. Pas de pont pour le franchir, mais un énorme tronc d'arbre qui enjambe des eaux tumultueuses.

— Voilà un moment critique de notre voyage, dit Papa Gibbon.

Tandis que Toco traverse le torrent à la nage, le trio progresse lentement sur ce chemin difficile et dangereux. Mais voilà qu'arrivée au milieu de l'étroit passage, Éliane trébuche, perd l'équilibre et soudain c'est la chute...

— Au secours, au secours, s'écrie-t-elle.

Éliane se débat au milieu du courant qui l'entraîne. elle est sur le point de couler. Sans hésiter, Papa Gibbon plonge à son secours et fait quelques brasses pour la rejoindre. Éliel se débarrasse vite de son sac à dos et s'élance à son tour. Toco a compris le danger et rebrousse chemin pour les rejoindre en nageant rapidement. Papa Gibbon empoigne Éliane par la taille et réussit à s'accrocher à la queue de Toco tandis qu'Éliel qui la débarrasse de son sac à dos attrape la crinière du cheval. C'est ainsi que grâce à Toco, nos trois amis regagnent la rive sains et saufs.

Le héros de cette journée mouvementée est Toco. Il est décidément très sympathique! Tu peux le dessiner très facilement; il te suffira de suivre très attentivement le modèle en te repérant sur les cases et les diagonales.

Éliane, encore sous le choc de l'émotion, reste assise un moment sur l'herbe pour reprendre son souffle, tandis que Toco se secoue comme un caniche pour se sécher, heureux d'avoir aidé ses amis à se sortir d'un mauvais pas.

— Reposons-nous un moment, dit Papa Gibbon, pendant que le soleil va sécher nos vêtements trempés. Pour vous consoler de cette mésaventure pensez que vous serez bientôt dans votre maison et qu'il vous reste encore à découvrir la surprise...

Malgré leurs émotions, Éliel et Éliane, durant leur baignade forcée ont pu remarquer dans les eaux du torrent, un mammifère gracieux qui chassait les poissons. À toi de trouver son nom!

$6 \times 2 =$ 12 = L

$28 - 13 =$ 15 = O

$7 \times 3 =$ 21 = U

$16 + 4 =$ 20 = T

$9 \times 2 =$ 18 = R

$7 - 2 =$ 5 = E

1	A
2	B
3	C
4	D
5	E
6	F
7	G
8	H
9	I
10	J
11	K
12	L
13	M
14	N
15	O
16	P
17	Q
18	R
19	S
20	T
21	U
22	V
23	W
24	X
25	Y
26	Z

LE ROYAUME DE PAPA GIBBON

Les voilà presque arrivés au terme du voyage. Toco prend un petit chemin qui s'enfonce dans une forêt de pins. Il grimpe pendant une demi-heure pour déboucher enfin au sommet d'une petite colline où se trouve une vieille maisonnette, vestige peut-être d'une habitation préhistorique.

— Voilà votre maison pour la durée de ces vacances, dit Papa Gibbon.

Elle n'a pas fière allure. Ses murs, noircis par le temps, sont lézardés et chancelants mais elle est entourée d'un ravissant bosquet de figuiers de Barbarie d'amandiers et d'oliviers. Aux alentours de la maison, des parterres de fleurs multicolores et de plantes aromatiques offrent couleurs et parfums.

— C'est bien suffisant pour passer des vacances, dit Éliel, mais il y a de quoi faire pour rendre cet endroit agréable. Il ne nous reste plus qu'à retrousser nos manches! Ne perdons pas de temps, commençons les travaux.

— Pas tout de suite, répond Papa Gibbon. Déposez vos bagages. Je vous emmène d'abord visiter mon domaine pour vous présenter mes cousins et d'autres animaux.

Après s'être débarrassés de leurs sacs, les trois amis enfourchent Toco et s'enfoncent bientôt dans la forêt profonde.

L'endroit que Papa Gibbon a choisi pour vivre est une véritable Arche de Noé. Toutes les espèces de la terre s'y trouvent réunies. De vastes étendues d'herbe, bien

Durant leur promenade Éliel et Éliane ont rencontré quelques cousins de Papa Gibbon. Veux-tu connaître leurs noms?

$6 + 1 =$	7	= G	$22 - 3 =$	19	= S
$3 \times 5 =$	15	= O	$14 - 13 =$	1	= A
$6 \times 3 =$	18	= R	$5 \times 2 =$	10	= J
$20 - 11 =$	9	= I	$7 + 8 =$	15	= O
$11 + 1 =$	12	= L	$17 + 4 =$	21	= U
$3 \times 4 =$	24	= X			
$20 - 15 =$	5	= E			

1	A
2	B
3	C
4	D
5	E
6	F
7	G
8	H
9	I
10	J
11	K
12	L
13	M
14	N
15	O
16	P
17	Q
18	R
19	S
20	T
21	U
22	V
23	W
24	X
25	Y
26	Z

verte et vivace grâce aux nombreuses sources qui jaillissent çà et là, offrent une pâture riche et appétissante à certains des animaux. On y trouve aussi des arbres chargés de fruits délicieux. Les enfants se régalent de bananes, papayes et se rafraîchissent avec le lait des noix de coco que leur cueille Papa Gibbon. Après ce savoureux goûter Éliel et Éliane entament de bonnes parties de jeux avec les cousins de Papa Gibbon. Bientôt fatigués, ils font la sieste dans des hamacs qu'ils ont appris à tresser avec des lianes humectées puis enroulées entre les mains.

Une heure après, Papa Gibbon leur chatouille gentiment le nez en leur fredonnant doucement :

Levez-vous, levez-vous les enfants,
La belle surprise maintenant vous attend,
Levez-vous, levez-vous Éliel et Éliane,
Sautez vite de ce lit de lianes.

Les enfants ouvrent les yeux et se lèvent le cœur rempli de joie.

— Dis-nous la surprise, s'écrient Éliel et Éliane.

— Après le travail, répond Papa Gibbon. Allez mettons-nous en route pour avoir tout fini avant le coucher du soleil.

Ils talonnent les flancs de Toco qui détale comme une flèche.

10 − 7 = ☐ = ☐	3 × 5 = ☐ = ☐
4 × 2 = ☐ = ☐	7 × 3 = ☐ = ☐
8 + 1 = ☐ = ☐	15 − 6 = ☐ = ☐
2 + 11 = ☐ = ☐	16 + 3 = ☐ = ☐
4 × 4 = ☐ = ☐	5 × 4 = ☐ = ☐
17 − 16 = ☐ = ☐	7 + 2 = ☐ = ☐
7 × 2 = ☐ = ☐	30 − 10 = ☐ = ☐
13 × 2 = ☐ = ☐	3 × 3 = ☐ = ☐
12 − 7 = ☐ = ☐	

1	A
2	B
3	C
4	D
5	E
6	F
7	G
8	H
9	I
10	J
11	K
12	L
13	M
14	N
15	O
16	P
17	Q
18	R
19	S
20	T
21	U
22	V
23	W
24	X
25	Y
26	Z

ENFIN LA SURPRISE

Les trois amis chevauchent gaiement vers la maisonnette. Papa Gibbon improvise une chanson.

Vive les vacances, vive les vacances,
Vous êtes la reine et le roi
D'un monde où règne la joie.
Hormis votre bonheur, rien n'a d'importance.
Fermez les yeux, fermez les yeux
Pour découvrir enfin le cadeau merveilleux.

Les enfants abaissent bien leurs paupières et quand Toco s'arrête, Papa Gibbon leur dit :

– Regardez-la maintenant votre surprise!

Les enfants n'en croient pas leurs yeux...

– Qu'est-ce qui s'est passé? demandent-ils. Est-ce un mirage ou un miracle dû à la baguette magique d'une fée?

En effet plus de maisonnette. A sa place, un château miniature, chapeauté de hautes tours avec des façades illuminées des sept couleurs de l'arc-en-ciel. Une véritable petite merveille... Le petit château couronne le sommet de la colline, comme juché sur un nuage qui flotterait dans l'espace.

– Ce n'est pas un mirage répond Papa Gibbon pendant qu'il descend de cheval, entrez donc et vous verrez...

Les enfants sautent de leur monture et se précipitent vers la porte d'entrée. Ils pénètrent dans une grande salle dont la fraîcheur est apaisante. Dans un coin, un four de pierre. De grandes dalles multicolores couvrent

Quels sont les noms des animaux qui ont réalisé le rêve d'Éliel et d'Éliane?

3×1 =	3	= C
$5 : 5$ =	1	= A
$15 + 4$ =	19	= S
4×5 =	20	= T
$17 - 2$ =	15	= O
$3 + 15$ =	18	= R

$9 - 7$ =	2	= B
$24 : 2$ =	12	= L
$13 - 12$ =	1	= A
$8 + 1$ =	9	= I
6×3 =	18	= R
$15 : 3$ =	5	= E
$0 + 1$ =	1	= A
$2 + 19$ =	21	= U

1	A
2	B
3	C
4	D
5	E
6	F
7	G
8	H
9	I
10	J
11	K
12	L
13	M
14	N
15	O
16	P
17	Q
18	R
19	S
20	T
21	U
22	V
23	W
24	X
25	Y
26	Z

le sol. Le plafond est soutenu par de grosses poutres. Dans cette salle, deux portes donnent sur deux pièces éclairées par de grandes fenêtres. Un escalier en colimaçon permet d'accéder à une grande terrasse. Elle est dominée par des tours qui offrent une vue magnifique sur toute la forêt et les montagnes environnantes.

Papa Gibbon les suit dans leur visite, ravi de leurs cris d'émerveillement.

Vous voyez bien que c'est une réalité, leur dit-il. S'il y a un miracle c'est celui de la nature. Elle a fait travailler pour vous des animaux qui sont les plus vieux maçons du monde. Et ces merveilleuses peintures sont les œuvres d'autres animaux, habituellement oisifs, qui ont eu l'idée d'utiliser le précieux poil de leur queue.

— C'est incroyable! s'exclament les enfants. On dirait que les portes d'un rêve se sont ouvertes pour nous!

— Lorsque le monde fut créé, les maçons n'existaient pas. Les premiers hommes habitaient des cavernes, explique Papa Gibbon. Ils n'étaient pas encore capables de se bâtir de vraies maisons. Eh bien, ces animaux depuis la création du monde et sans que personne ne leur apprenne, savent le faire. Comme vous voyez, la nature ne cesse jamais de nous surprendre!

UNE JOURNÉE DU MOIS D'AOÛT

C'est une belle journée d'août. Le soleil vient juste de se lever. La chaleur de ses rayons s'insinue déjà dans l'épaisseur de la forêt et réveille Papa Gibbon. Sa première pensée va aussitôt vers Éliel et Éliane.

— Le mieux pour trouver de la fraîcheur est de se mettre à l'eau. Je vais chercher mes copains. Aujourd'hui nous irons à la mer!

Il traverse la forêt et se trouve bientôt derrière la porte du beau petit château. Il frappe à la porte. Toc, toc! Il entre et découvre les enfants encore au lit.

— Debout les paresseux! Ce n'est pas parce que vous êtes en vacances qu'il faut traîner au lit! Trop dormir n'est pas bon pour la santé, et puis la chaleur est déjà accablante. C'est le moment ou jamais de profiter des bienfaits de la mer. Et qui sait, je vous ai peut-être préparé une autre surprise...

— Pardonne-nous Papa Gibbon, dit Éliel d'une voix endormie tout en bâillant à s'en décrocher la mâchoire, nous nous sommes couchés très tard parce que nous avons eu de la visite.

— Et quelle visite! ajoute Éliane, nous allons te raconter en prenant notre petit déjeuner.

Ils se mettent à table et pendant qu'ils savourent les bonnes tartines préparées par Éliane, les deux enfants font le récit de leur soirée.

— Beaucoup d'animaux sont venus admirer notre petit château. Pour les remercier de leur visite nous les avons invités à dîner et ensuite nous avons organisé un concours de farces, dit Éliane.

— C'est le porc-épic et le hérisson qui l'ont emporté, raconte Éliel, imagine-toi qu'ils ont offert leurs piquants pour servir de cure-dents à tous les animaux édentés! Voilà qui nous a fait bien rire.

La petite plaisanterie du porc-épic et du hérisson a bien fait rire tous nos amis. Peut-être t'intéresserait-il de savoir quels sont justement ces animaux qui n'ont pas de dents. Une fois de plus ton code va t'aider.

$18 + 2 = \boxed{20} = \boxed{T}$

$6 : 6 = \boxed{1} = \boxed{A}$

$24 - 4 = \boxed{20} = \boxed{T}$

$16 - 1 = \boxed{15} = \boxed{O}$

$16 + 5 = \boxed{21} = \boxed{U}$

$7 \times 3 = \boxed{21} = \boxed{U}$

$8 + 6 = \boxed{14} = \boxed{N}$

$8 : 8 = \boxed{1} = \boxed{A}$

$27 - 6 = \boxed{21} = \boxed{V}$

18 – 2 =	16	= P	15 + 5 =	20	= T
9 : 9 =	1	= A	2 : 2 =	1	= A
7 × 2 =	14	= N	10 + 3 =	13	= M
14 : 2 =	7	= G	11 – 10 =	1	= A
4 + 11 =	15	= O	27 – 13 =	14	= N
4 × 3 =	12	= L	5 × 3 =	15	= O
3 × 3 =	9	= I	18 : 2 =	9	= I
18 – 4 =	14	= N	9 × 2 =	18	= R

1	A
2	B
3	C
4	D
5	E
6	F
7	G
8	H
9	I
10	J
11	K
12	L
13	M
14	N
15	O
16	P
17	Q
18	R
19	S
20	T
21	U
22	V
23	W
24	X
25	Y
26	Z

Ces animaux n'ont pas de dents mais ont de bien jolis noms. Essaie de les retrouver, horizontalement ou verticalement dans cette grille.

B	C	P	A	N	G	O	L	I	N
I	A	S	T	E	N	D	I	S	T
J	S	I	J	O	V	R	F	A	N
A	T	A	M	A	N	O	I	R	E
R	A	S	T	O	M	K	L	E	F
O	T	Y	Q	U	E	W	S	E	S
S	O	U	X	T	O	A	H	I	T
B	U	N	A	U	M	E	V	L	A
W	I	D	E	S	T	Y	K	E	M
E	Z	B	C	U	J	P	O	N	E

A LA MER...

Papa Gibbon est content de voir la joie manifestée une fois de plus par les enfants et rit bien dans son for intérieur : lui seul sait qu'ils n'ont pas encore fini de s'étonner et de s'extasier. C'est d'ailleurs pourquoi il leur rappelle qu'il est venu pour les emmener à la mer. Toco qui est en train de gambader dans la cour a compris que c'est le moment de partir : il piaffe tout en hennissant d'impatience.

Voilà les trois amis en route. La mer est loin mais ils ne tardent pas à la rejoindre grâce à la vitesse « supersonique » de Toco. Le magnifique coursier s'arrête sur une plage d'une blancheur aussi éblouissante que celle de la neige. Ils mettent pied sur un sable qui leur paraît aussi doux que la soie la plus fine. Le soleil déjà haut fait miroiter une eau toute bleue. Un radeau se balance sur des vagues languissantes.

— Voilà sur quoi naviguaient les pionniers de la mer, dit Papa Gibbon, faisons comme eux pour rejoindre le plus vieil ami des marins.

— Qui est-ce? demandent avec curiosité les enfants.

— Mon ami Popin le dauphin.

Ils s'éloignent de la côte et arrivent devant une barrière de rochers tout roses qui émergent des vagues. Papa Gibbon dirige le radeau vers l'ouverture d'une profonde grotte. L'eau y étincelle de tous les feux d'un diamant.

— Mettez vos masques et plongez pour découvrir le monde féerique de Popin le dauphin, dit Papa Gibbon.

Éliel et Éliane pénètrent alors dans un véritable jardin sous-marin dont les parterres sont tapissés de coquillages et coraux éclatants et irisés. Dans ses allées se promènent Popin le dauphin et ses cousins. Papa Gibbon siffle et tous remontent en surface pour mieux faire connaissance.

Le dauphin est un animal particulièrement gracieux et amical envers les hommes, il mérite bien que tu colories son image.

Popin le dauphin, ressemble à un poisson mais est un mammifère. À l'aide de ton code tu vas pouvoir découvrir deux de ces cousins présentant les mêmes particularités.

15 – 2 =	☐	= ☐	20 : 4 =	☐	= ☐
2 : 2 =	1	= A	8 × 2 =	☐	= ☐
9 × 2 =	☐	= ☐	6 – 5 =	☐	= ☐
11 + 8 =	☐	= ☐	8 + 13 =	☐	= ☐
18 – 3 =	☐	= ☐	3 × 4 =	☐	= ☐
7 × 3 =	☐	= ☐	9 – 8 =	☐	= ☐
27 : 3 =	☐	= ☐	9 + 9 =	☐	= ☐
7 × 2 =	☐	= ☐	16 : 4 =	☐	= ☐

1	A
2	B
3	C
4	D
5	E
6	F
7	G
8	H
9	I
10	J
11	K
12	L
13	M
14	N
15	O
16	P
17	Q
18	R
19	S
20	T
21	U
22	V
23	W
24	X
25	Y
26	Z

POPIN LE DAUPHIN

Pour fêter les enfants Popin le dauphin et ses cousins s'élancent hors de l'eau, en faisant des cabrioles et des pirouettes plus époustouflantes que celles des meilleurs acrobates de cirque. Le spectacle terminé, Popin le dauphin leur dit :

– Montez maintenant sur mon dos, je vais vous emmener loin pour vous faire connaître d'autres habitants de la mer qui, comme moi, ne sont pas des poissons.

Éliel et Éliane jubilent. Ce n'est pas tous les jours qu'on peut voyager sur le dos d'un dauphin! Nos trois amis s'installent donc sur le dos fuselé de leur sympathique compagnon qui se met à sillonner la mer qui clapote doucement et scintille. Soudain, des sortes de vagues argentées se mettent à déferler vers eux. En les voyant de tout près, Éliel et Éliane reconnaissent des animaux qu'ils ont déjà vus au cirque.

– Des phoques, des phoques, s'écrient-ils.

Comme ils sont heureux de les voir s'ébattre en toute liberté. Mais quelle n'est pas maintenant leur surprise : la mer paraît s'ouvrir!

Les enfants prennent peur et s'accrochent plus fort au dos de Popin le dauphin pour se sentir en sécurité : une île, dominée par un immense jet d'eau, vient de surgir de la mer. Popin le dauphin comprend leur inquiétude :

– Vous venez de voir apparaître le plus gros mammifère qui existe actuellement sur le globe.

– Mais c'est une baleine, s'exclame Éliel.

Sur le chemin du retour, Éliel et Éliane ont rencontré de nouveaux amis. Quelques opérations rapides te permettront d'écrire leurs noms.

9 : 3 = □ = □

10 – 9 = □ = □

7 – 4 = □ = □

3 + 5 = □ = □

4 : 4 = □ = □

3 × 4 = □ = □

8 + 7 = □ = □

5 × 4 = □ = □

13 + 2 = □ = □

13 + 7 = □ = □

9 : 9 = □ = □

20 – 2 = □ = □

3 × 3 = □ = □

18 – 13 = □ = □

---

1 + 12 = □ = □

18 – 3 = □ = □

2 × 9 = □ = □

23 – 4 = □ = □

15 : 3 = □ = □

1	A
2	B
3	C
4	D
5	E
6	F
7	G
8	H
9	I
10	J
11	K
12	L
13	M
14	N
15	O
16	P
17	Q
18	R
19	S
20	T
21	U
22	V
23	W
24	X
25	Y
26	Z

— Oui, répond Popin le dauphin, vous n'aurez jamais l'occasion d'en voir ailleurs que dans son milieu naturel parce qu'elle n'entre ni dans l'aquarium d'un zoo ni dans un bocal!

— Je comprends maintenant, dit Éliane, pleine de stupeur, comment cet invraisemblable géant a pu avaler tout rond Geppetto, le père de Pinocchio, son embarcation et Pinocchio lui-même...

— Et maintenant, ajoute Papa Gibbon, en nous raccompagnant à la plage où nous attend Toco, car il est l'heure de rentrer au château, présente-nous donc d'autres membres de la famille de la chère baleine.

Grâce à Popin, Éliel et Éliane ont rencontré le plus grand mammifère du monde. À l'aide de ton crayon (une gomme ne te sera peut-être pas inutile) joins tous les nombres terminés par trois six ou neuf, du plus petit au plus grand.

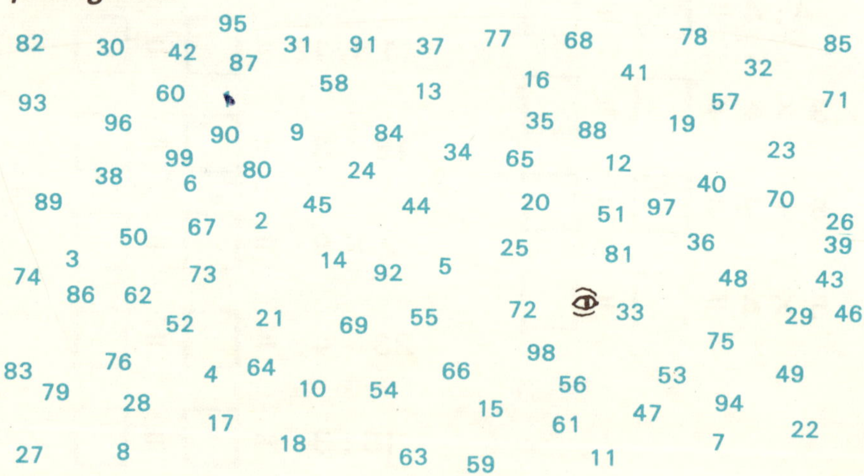

LES VISITEURS DU DERNIER SOIR

Les jours s'écoulent, les semaines passent. Déjà septembre. Demain c'est le départ et le rendez-vous avec la gracieuse Fedorée qui les emmènera rejoindre leurs parents. Combien de choses à leur raconter!

Le moment des adieux est arrivé. Ils sont tous assis dans la cour du petit château et savourent sans mot dire les délicieux gâteaux préparés par Éliane avec du mil réduit en fine farine et du miel.

Soudain des voix percent le silence de la nuit, celles de nouveaux amis venus ensoleiller leur dernier soir.

La ballade des animaux à fourrure

Moi je suis Loutre, moi Hermine, moi Zibeline
Moi je suis Taupe, moi Marte et moi Marmotte
Qui est-là? Je suis bien Chinchilla!
Moi Karacul je suis aussi dans le clan
Et ma fourrure on l'appelle Astrakan
Moi je m'appelle Vison et comme tous je suis ami de Papa Gibbon.
Nous sommes tous des animaux à fourrure
Dont les vedettes font leur parure.
Pour nous la vie devient impossible
Des chasseurs nous sommes toujours la cible,
Et pourtant Alpaga, Lama, Vigogne
Eux aussi habillent sans vergogne
Avec élégance ils peuvent vêtir

Sans pour cela mourir.
Comment nous donner la chance de survivre?
Voilà un seul conseil à suivre
Stars, princesses et reines
Contentez-vous de leur laine

Éliel et Éliane ont passé de merveilleux moments avec Papa Gibbon et ses amis. Ils se sentent en pleine forme pour la rentrée des classes. Les excursions, la natation et les chevauchées leur ont fortifié le cœur et les poumons. Quant à leurs jambes, elles sont beaucoup plus solides qu'à l'arrivée.

Les animaux qu'ils ont rencontrés n'ont plus de secrets pour eux. Grâce à Papa Gibbon, ils ont pu vivre avec eux et donc apprendre à les connaître. Ils ont appris à les regarder et compris la nécessité de les protéger pour que le trésor offert par la nature reste inépuisable.

Ils savent qu'il leur reste encore beaucoup de choses à découvrir. « Mais quand? » demandent Éliel et Éliane. « Rendez-vous l'été prochain » répond Papa Gibbon.

Cet ouvrage a été réalisé
sur les presses de l'imprimerie HÉRISSEY
pour la Nouvelle Société des Éditions Encre
9, rue Duphot 75001 Paris
en Octobre 1983

ENCRE

ISBN 2-86418-164-9
N° d'éditeur : 164
N° d'imprimeur : 33233
Dépôt légal : 4e trimestre 1983